Centon

Chez le Bibliopole LÉON VANIER

19, QUAI SAINT-MICHEL, 19

CENTON

CHARLES VIGNIER

Centon

PARIS

LÉON VANIER, LIBRAIRE-ÉDITEUR

19, QUAI SAINT-MICHEL, 19

—

1886

ÉPITRE DÉDICATOIRE

Tutélaire, l'éditeur Léon Vanier a sollicité la publication de ces vers, qui, « si féroces et si loyaux » originellement, se démodèrent, pensons-nous, à l'ombre des tiroirs.

Néanmoins, ceux-là les voudront accepter, dont les vœux furent formulés par une joviale Allobroge qui, en naïfs hexapodes, ne souhaitait rien tant

Que d'avoir les prémisses
Des jeunes pessimisses.

C. V.

EPIGRAPHE

Animula vagula, blandula,
Hospes, comesque corporis,
Quæ nunc abibis in loca
Pallidula, rigida, nudula,
Nec ut soles, dabis jocos.

L'Empereur HADRIEN.

Epigramme conservée par le rhéteur
AELIUS SPARTIANUS.

Ma petite douleur!

KAUFMANN.

Petits plaisirs neigez fleurs des pêchers
Dodelinette à nos petits péchés

Petits plaisirs fuyez bien lentement
Vous posséder est un si doux tourment

Rosée ou pleurs diamants vite las
Et l'arome est fugace des lilas

Miel blond vois donc le fiel que tu devins

Et vain aussi le cher soleil des vins

Petits plaisirs et regrets qu'on attend

Fuyez restez oh fuyez et pourtant

Petits plaisirs neigez fleurs des pêchers

Dodelinette à nos petits péchés

Puisque nous aimons le reflet des choses
Et les souvenirs demeurant en nous
Comme le parfum funéraire et doux
Qui hante l'urne où sont mortes les roses.

Reine jolie, ô pâle et triste sœur,
Si tu veux, las! si tu daignes m'en croire,
Cherchons la paix cruelle et sans déboire
Des cœurs qui se sont tus, avec douceur.

La route n'a peut-être nulle issue;
Tu crois à d'autres sentiers odorants?
Va! l'heure vaut de n'être pas déçue...

Soyons désormais deux indifférents
Dont les gestes seuls et la voix à peine
Remémoreraient l'ancienne peine.

Femme qui serais toutes les femmes,
Native et feinte de leur candeur,
Et trop frivole égareuse d'heur,
Pour déconcerter nos vœux infâmes,

Je t'opposerai comme miroir
Infidèle et sagace à la vie,
Afin que le vrai drame y dévie
Et crée un écran neuf et moins noir.

Je contemplerai, phase par phase,
D'un œil bénin, le mystère en toi,
Qui ne sachant, lors de bonne foi
Tiendras ton rôle, avec tant d'emphase!

Charmant le poète aux yeux clos,
L'ébat fluide des Idées,
Soie ailée ou frisson de flots,
Peint des tentures démodées :

Mirage propice aux jouteurs
Où les vierges énamourées
Semblent ouvrir les empyrées,
Par de beaux gestes inviteurs.

Or plus d'une, blanche et pensive,
Incline en sa pose lascive
Son corps flexible sur la Tour...

Le poète, don Juan pâle,
Séduit les songes tour à tour
Et joue à ternir leur opale.

MADRIGAL

Pour un sourire dans nos pleurs,
La Belle plane avec l'aurore,
Et de son noble geste essore
Sur nos fronts las, le vol des fleurs :

Lente à choir, leur neige, nuée
Selon les rêves nouveaux nés,
Décore maints cieux fortunés
D'une somptueuse nuée,

Où tout poète un peu pieux
Cueille un bouquet de rimes neuves,
Qu'il transcrit au doux fil des fleuves
Sur l'écran de papier soyeux,

Afin que la Belle en partance
Daigne, d'un caprice qui ment,
Lui permettre, pour un moment,
De captiver son inconstance.

Pâlotte mienne! tes yeux doux si fous
Sont d'un azur menteur et véridique,
Menteur véridique, puisque j'abdique
Mon sceptre pour leur clinquant de six sous.

Dila mia! j'ai mis à tous les *clous*
Les écussons de mon rêve héraldique,
Et j'ai baie ouverte en tes doux yeux fous
Sur un azur peut-être véridique.

Mais tout ton fla-fla et tous tes frous-frous
Essorent l'étreinte encyclopédique :
Les anges de ma vision pudique
Deviennent, hélas! de plus en plus flous...
Oh! laisse-moi baiser tes yeux si doux,
Quoique leur azur soit peu véridique.

Frivole oiseau de nos rêves bleus,
O l'enfant pâle, et ces yeux d'onyx!
Ces yeux ressuscitant le phénix,
Proie, on le croyait, d'éternels feux!

O la pure, ô la soëve, ô l'alme!
La frêle et miraculeuse digue
A nos ennuis! L'opium prodigue
Du frôlement de sa chaste palme!

Allons vers d'innommés Océans
Égarer notre vaisseau propice.
Allons où le pur azur tapisse

La voûte des mystiques néants,
Allons aux Zodiaques sans bornes
Orienter le vol des Licornes.

SECOND MADRIGAL

Tu voudrais un bouquet bleu
De myosotis, de pervenches.
J'ai des fleurs couleur de feu,
J'ai des roses toutes blanches.

Tu voudrais pour t'endormir
Un doux lai des défunts âges.
Je sais l'air qui fait blêmir
Et se faner les visages.

Tu voudrais, cocasse enfant,
Une mort suave et brève.
Cherchons l'herbe qui défend,
Des sottes torpeurs du rêve.

Entr'ouvrons la fiole d'où
Ravissante et douce filtre
La vapeur d'un ancien philtre
Hindou;

Son parfum savant efface
La peur d'un rêve incertain,
Et de faible pourpre teint
Ma face.

Parmi l'azur nébuleux
Meurent les flammes moroses,
Nous aurons des cierges roses
Et bleus!

De pétales de fleurs blanches,
Nous parsèmerons les lits
Où lents se pâment les lys,
Tes hanches;

Cercle ton onduleux col
De sequins et de grains d'ambre,
Et tes yeux, cieux de septembre,
De kohl;

Et l'on oindra d'aromates
Tes cheveux roux, et les chers
Fards aviveront tes chairs
Trop mates...

Voici tomber chauds et lourds
Les flots où tout esprit sombre,
Les flots du silence, sombre
Velours:

Viens, je connais tel vieux rite!
D'étranges étreintes sont,
Où maint débile frisson
S'irrite.

L'image et le reflet! Tant pareils
Sont leurs visages où s'émerveille
En sa joie enfantine d'éclore
Un rêve neuf. Telles, qu'on déplore

Que c'en soit si doucereux, hélas!
Puisqu'enfin les résistances lasses
Ont démasqué des pâleurs nacrées,
Et qu'on attend, mines effarées.

Laquelle! Doux Jésus, quel émoi!
Leur chère langueur que j'atermoie!
L'une? Alors comment à l'autre avide,
Montrer sans honte l'amphore vide?

Il crut avoir l'envie — et même le crut-il ? —
De ranimer le Rite oublié par l'ennui :
Le calice pâmé, la pourpre qui rutile,
Feu bénin sur la fleur, non moins tendre pour lui !

Le sortilège doux débuta très hilare ;
— « O les enfants un peu confuses de leurs vœux ! »
Soins fictifs mais déjà languissants. Soudain l'art
Subtil d'un frôlement éveilla des aveux,

Des riens mignards et des apaisements goulus,
Des soupirs, des sanglots qu'on module très bas;
— Pauvrettes! puis l'éclair des blancheurs impollues
Agonisant longtemps, peureuses du trépas.

Or l'Autre, voilé par la nuit des brocatelles,
Vit se magnifier un rêve inattendu.
Mais dans son pur dédain il l'a bientôt par tels
Insolites secrets à son néant rendu.

RETOUR DE CYTHERE

Dans le frêle cercueil de santal
Gît l'enfant, blême sous la couronne
Que marrit un baiser trop brutal.

Défuntes sont les fleurs de l'aurone
Et les roses de la Malmaison!
Ame l'odeur qui les environne!

O la mélancolique oraison
Qu'en la sente le vent psalmodie !
Oh ! pourquoi, sans rime ni raison,

Dans mon cœur cette plainte assourdie?

OBSOLETE AIRS

Les Amantes sont loin, loin de ma mémoire,
Et pâle est leur empreinte, ô pâle lueur!
Tel un furtif éclair dans le vent hurleur,
Tels les vagues reflets d'une sombre moire.

Et mon âme est pareille à l'antique armoire,
Où dorment des rubans de tendre couleur,
— Colifichets d'alors que rayonnait l'heur, —
Dans les feuillets jaunis de quelque grimoire.

Vous qui semblez joyeux, ô vous qui passez
Avec des fleurs dans le champ des trépassés,
Gardez-vous de fouiller ces vestiges rances,

Gardez-vous d'évoquer leur fade relent!
Oh! laissez mourir les blêmes remembrances,
Oh! laissez sommeiller l'oubli somnolent...

Un grand sommeil noir
Tombe sur ma vie :
Dormez tout espoir,
Dormez toute envie.

Paul VERLAINE

I

Roses roses, où les rosées
Roulent leurs gouttes d'argyrose,
Roses, on les dirait rosées
Par les fards de l'aurore rose!

O les suaves cantilènes
Que chante à la source enchantée
L'arome doux des marjolaines!
O chère plainte chuchotée!

O le vent, le vent monotone,
Susurrant dans les feuilles jaunes!
Lamento long du vent d'automne
Qui s'étouffe en les touffes d'aulnes!

La pluie, ô la dolente pluie
Qui nous lancine et nous transperce,
Qui fait que notre âme s'ennuie
Et se fond en la grise averse!

Puis l'heure fuit. Éternel leurre
Qui promet l'heur à notre rêve!
O douleur en le cœur qui pleure,
En le cœur qui pleure sans trêve!

II

Mortes les anémones
Des primes jours vermeils!
O que lourds vos sommeils,
Morbides argémones!

Hélas! pourquoi s'est tu
Le chant que l'on adore,
La suave mandore,
Le sais-je? Le sais-tu?

Des lutins ou des âmes,
Ces soupirs obsesseurs?
Sont-ce les pâles sœurs
Que jadis nous aimâmes?

III

Que nous veulent ces fantômes
En leurs voiles nuageux,
Que nous veulent ces fantômes?

Pourquoi ces chants et ces jeux
Troublant d'absconses neuvaines,
Pourquoi ces chants et ces jeux?..

Toutes embûches sont vaines,
Et vos appels superflus!
Toutes embûches sont vaines!

A nos pieds s'éteint le flux
De vos caresses amères!
A nos pieds s'éteint le flux...

O fuyez les éphémères
Ainsi qu'un blême brouillard,
O fuyez les éphémères!

Notre cœur est un vieillard
Qui dédaigne vos chimères.
Notre cœur est un vieillard!

INCANTATION

Rêve, rêve divin, rêve aux prestiges fous,
Surprenante chimère, infaillible dictame,
O maîtresse insensée, ô ma perverse dame,
Rêve aux yeux entreclos, mon doux rêve aux yeux fous,

Choisis dans le coffret des longues consolances
Un sublimé subtil, quintessence du spleen,
De l'hermétique spleen, de l'adorable spleen,
De la fleur ténébreuse éclose en des silences,

Et disperse dans l'air ces effluves d'oubli,
Afin que ma pensée, errant débile et nue,
Se farde éperdûment de la vapeur ténue,
Des magiques couleurs, susciteuses d'oubli.

SUSPIRIA

Mon spleen, doux compagnon, seule fidèle amante,
Beau squelette ivoirin, drapant ton grêle corps
En de prestigieux et fantasques décors;
Mon spleen, dont la caresse ensorcelle et tourmente

Et ranime et ravit ma cervelle démente,
Viens, suis-moi, loin, là-bas, parmi les couchants d'or,
Parmi les édens bleus, où pâmés l'on s'endort,
Parmi les vents fleurant la verveine et la menthe.

Viens, nous écouterons le lamento sans fin
Du flot sempiternel se brisant sur les plages,
Et nous contemplerons les teintes d'argent fin

Dont la fruste Phœbé dentelle les nuages,
Viens, nous allons errer en de féeriques lieux,
Viens, je sais le pays des songes merveilleux.

SOUNDS AND SWEET AIRS

Des bruits, des sons d'ineffable douceur!
Est-ce d'un luth, d'une harpe angélique,
Ou plainte d'orgue en quelque basilique?
Est-ce le flot au ressac obsesseur?

Est-ce une fée incantant dans la lande?
Titania? Les sylphes d'Obéron
Iraient furtifs cueillir le liseron
Pour t'en tresser une frêle guirlande.

Serait-ce bien parmi les peupliers
Ton élégie infinie, ô la brise,
Ou mieux encor, voix d'un cor qui se brise
En ressassant des refrains oubliés?

LA GALÈRE

I

Les voix de la mer sont tentantes.
La galère dort dans le port,
Et son rêve ignore l'effort
Des longues caresses flottantes.

La Dame d'azur dans l'attente
Sourit, augurant d'un bon sort.
Les voix de la mer sont tentantes.
La galère dort dans le port.

Les nuages me font des tentes
D'or. Point de trêve à mes accords,
Doucement je berce la mort,
Et mes couleurs sont inconstantes,
Les voix de la mer sont tentantes.

II

Insinuante, sous la nef qui consent,
La mer bombe son dos frémissant
Et sonne au large les cloches du départ.
Là-bas, tout là-bas, sur son rempart,
La Dame d'Azur, des lilas dans les mains,
Salue. Et la nef s'orne de maints
Pavois, dont la jeune orgueilleuse candeur
Rit aux baisers futurs, à l'odeur
Des vents qu'ont vantés les dorades en or.

Petite nef, pour mieux plaire encor
A la Dame des bleus palais d'horizon
Emplis tes flancs d'une cargaison
De beaux cadeaux naïfs comme ton printemps,
Et vogue ravie aux flots contents.

III

Les flots roulent la nef par leurs vals de délices,
Mais la Dame d'Azur pâlit et s'évapore.
Les lilas d'autrefois se sont mués en lys.
Rêves-tu du sommeil ingénu dans le port?

Les lilas d'autrefois se sont mués en lys.
Sauras-tu le mystère incertain des calices,
Petite nef? Oublieuse du calme port,
Cingles-tu vers la lune ou bien sur Singapore?

Sauras-tu le mystère incertain des calices?
Il est un air d'oubli que chanterait le port,
Les flots roulent la nef par leurs vals de délices,
Mais la Dame d'Azur pâlit et s'évapore.

Errants aux pays falots,
Mes rêves, berceuses yoles,
Ont arboré pour falots
Deux yeux bleus, deux lucioles;

A la pâlote Phœbé
Pour rames ont dérobé
Deux rais de sa clarté vague
Fendant et teintant la vague,

Et vont emparadisés,
Frôlés par les alizés,
Chantant ainsi que violes,

Se griser aux pâmoisons
Des parfums fuyant des fioles
Mi-closes des floraisons.

NOCTURNE

Ame des tabacs blonds
Vole, voltige!...
— Clos tes yeux, nous tremblons
D'un doux vertige.

La bise pleure bas,
Pour toi, mignonne,
Tendre chant, n'est-ce pas?
Qu'elle marmonne?

Enfant, tu crois sa voix
Bien en colère?
Elle se tait, tu vois,
C'est pour te plaire.

Placidement le feu
S'éteint dans l'âtre.
Qui saurait où maint feu
Rêve folâtre?

...Deux, trois glas assourdis
D'heure incertaine.
Tu redoutais, jadis,
Croquemitaine...

Le bombyx endormi
　　Sur ta poitrine,
Oublia tout, hormi
　　Ta peau citrine;

Sans doute en son sommeil,
　　Béat, il fleure
Tes lèvres-fleurs, vermeil
　　Et divin leurre...

Par les rideaux flottants
　　Un blanc rais flue.
C'est, dis-tu, qu'il est temps,
　　Ma sœur élue!

Qu'il est temps pour le vol
Bien loin du monde,
Temps pour ton essor fol
En l'azur monde.

Va, fuis-moi sans regret,
Pâle chérie;
Va, le jour troublerait
Ta rêverie.

Une mort bien douce
Et très lente aussi.
Furtif le vent pousse
Un soupir transi.

Au couchant d'opale,
Un soleil d'argent,
C'est dans un lac pâle
L'ondin blanc nageant

Une haleine d'ambre
Monte en la tiédeur
Molle de la chambre :
Une âme d'odeur !

MIDI

Les rayons s'infiltrant au travers des feuillées,
Vont briser leurs jets d'or, fauve ruissellement,
Sur la mare assoupie. Et le crécellement
Des cigales s'égrène en notes éraillées.

Seul bruit perçu, ce son — avec les voix mouillées
De sources qui s'en vont chercher l'abri calmant
Au plus proche fourré — semble le ronflement
Des torpeurs de Midi, gisant ensommeillées.

Tout dort... A peine un brin de bruyère se meut;
A peine le baiser d'un papillon émeut
La rose pourpre, irradiant la solitude;

Alors que vers l'étang tacheté de moiteurs,
Un satyre embué de ses âcres senteurs,
Béat, montre au soleil sa fière turpitude.

AUTOMNE

Vague comme un contour de brume qui s'élève,
Au fond du bois morose, un faune alourdi d'ans,
Erre mélancolique et regrettant son rêve.
Les yeux encore empreints de souvenirs ardents,

De triomphants décors, de teintes de féeries,
D'or ruisselant parmi les sauvages toisons
Des nymphes folâtrant en blanches théories,
Ayant gardé le goût de leurs lèvres, tisons

Qui mirent sur sa chair leur trace indélébile;
Il hume avidement, dans l'air veuf de parfums,
Les confuses senteurs, que sa mémoire habile,
Ranime aux rameaux secs des bocages défunts...

— Cruelles visions, enivrantes bouffées
D'insaisissable arome, enlacements divins
De pâles incarnats!.. Oh! vous, mirages fées
Dont les enchantements, comme des flots de vins,

Effaçaient par instant mes grises nostalgies,
Pourquoi vous perdé-je à jamais? Pourquoi le vent
A-t-il exorcisé vos riantes magies
Sous le glacé contact d'un baiser décevant?

Il dit!... Et frissonnant à la voix monotone
De la bise qui clame un long vagissement,
Sentant sa fin venir dans cette fin d'automne,
La tête entre ses mains, il pleure amèrement.

Un séculaire lys offre son âme amie
Sans se lasser de trépasser; plus blême encor,
Le vol des songes, où se complaît l'Endormie,
Meut un sempiternel et fantomal décor.

La nuit complice et sa fictive symphonie
Feignent de concerter instamment des attraits
Plus lointains. Et nulle torpeur n'est infinie
Au gré de la Dame éprise de leurs vains rêts.

C'est l'advenu! c'est l'héroïque et ridicule
Prince! c'est l'ingénu, c'est le prévu vainqueur
Des maléfices! c'est Charmant, mais qui recule

Devant l'ombre d'un geste oublieux et moqueur...
Les hochets promis à la Belle stagnent, frustes
Pièges éventés, dans les ténèbres augustes.

Dans une coupe de Thulé
Où vient pâlir l'attrait de l'heure,
Dort le sénile et dolent leurre
De l'ultime rêve adulé.

Mais des cheveux d'argent filé
Font un voile à celle qui pleure,
Dans une coupe de Thulé
Où s'est éteint l'attrait de l'heure.

Et l'on ne sait quel jubilé
Célèbre une harpe mineure,
Que le hautain fantôme effleure
D'un lucide doigt fuselé!..
Dans une coupe de Thulé...

VITRAIL

Il défaille emmi l'air des parfums tant amènes,
Qu'on croirait respirer l'âme d'un cyclamen.
Dans l'église l'encens se pâme pour l'hymen
Du soëve Jésus et des catéchumènes.

Abandonnant soudain l'éploré cyclamen,
Les libellules vont — ô combien inhumaines! —
Effleurer la neige au front des catéchumènes,
De leurs ailes de mauve et d'ambre d'Yémen.

O ces yeux verts rêvant, ces aigues inhumaines,
Pour qui l'orgue amoureux fit pleurer un Amen !
O Sainte ! En ton vitrail clair d'ambre d'Yémen,
Mon âme ignorera le ciel où tu la mènes.

ÉVENTAIL EN MINEUR

La falote aux yeux longs, longs,
Mirant sait-on quelle lune,
Ouït pleurer sur la dune
Les flots, bénins violons.

Elle suit les oiseaux blonds
Fluer au haut d'une hune,
La falote aux yeux longs, longs,
Mirant sait-on quelle lune!

Que s'éteignent les flonflons
De toute vie importune,
Que douce, mieux que pas une
Soit la voix dont nous frôlons
La falote aux yeux longs, longs!

SUR UN WILLETTE

Pierrot tout blanc, tout blanc, tout blanc,
(Pierrot serait une fleur blanche)
Pierrot courant, venant, allant,
Dans le chemin vit *Fleur-qui-penche*,

Fleur-qui-penche, fleur prête à choir !
(*Fleur-qui-penche* serait la rose)
— Fleur qui penche, veux-tu t'asseoir
Près de moi ? — Oh ! tout près... je n'ose.

La mousse douce est un doux lit,
Le suc des fleurs est l'ambroisie,
Si bien qu'au soir Rose pâlit,
Et que la Fleur blanche est rosie.

— Pierrot, je veux des boutons d'or!
Pierrot s'en fut par les prairies
Et s'endormit vers l'eau qui dort
Et rêva d'or en des féeries.

— Des boutons d'or, je n'en ai point
Mais les étoiles sont plus belles!...
Rose frappa Pierrot du poing,
Les coups tombaient en ribambelles.

Puis Rose dit au frelon vert
(Qui est une bête méchante) :
Hi ! hi ! hi ! Pierrot fait des vers
Et quand j'ai faim, il me les chante.

Je jette des perles dans le lac.
Perles de mon joli sac,
Tombez avec mes chansons,
Pour amuser les poissons
Dans l'eau !

J'attends ici le bel amoureux,
O coulez, mes jours heureux,
Mes perles et mes chansons,
Coulez avec les poissons,
Dans l'eau !

Et quand le bel amoureux viendra,
Dans l'eau bleue il cherchera
Les perles et les chansons
Que j'ai jetées aux poissons,
Dans l'eau !

Dis, bel amoureux, viendras-tu,
Sur un batelet pointu,
Pour écouter mes chansons,
Pêcher perles et poissons,
Dans l'eau ?

Mais si le bel amoureux tardait,
Mon gros sac serait vidé,
Mes jours heureux, mes chansons
Fuiraient avec les poissons,
Dans l'eau !

BATEAU

Il était un petit navire

Un petit bateau sur l'eau,
C'est Lololo qu'on le nomme,
Dessus est peut être un homme
Né natif de Saint-Malo.

Vent pousse — l'ô doux solo
De ta voix de cinnamome! —
Un petit bateau sur l'eau,
C'est Lololo qu'on le nomme.

Qu'a la Vénus de Milo
A clignotter des yeux comme
Cela? Mieux qu'un astronome
Elle suit dans le halo
Un petit bateau sur l'eau!

JAPONAISE

Les frustes fleurs de ta simarre
Sont-elles d'anciens aveux?
Un feu rêve qui la chamarre,
Les frustes fleurs de ta simarre?
Nous y peindrons un tintamarre
De fleurs nouvelles, si tu veux?
Les frustes fleurs de ta simarre
Sont-elles d'anciens aveux?

ÉCRAN

C'est un écran jaune pipi
Où dans le ciel de pure olive
Le soleil qui fort l'enjolive
Arrondit sa pomme d'api.

Sur un éléphant archi-rose
Juché, le mandarin poussah
Du bout de son rotin poussa
Tel rideau tissu d'argyrose.

Jonque frêle d'où quelques fleurs
Piquent des yeux écornifleurs
Vers le très cossu dignitaire.

Le thé Sou-Chong jonche la terre,
Mais des cochons bleus peu douillets
Mangent des enfants grassouillets.

PAGODE

I

Dans la pagode
Un fin parfum
S'éveille et rôde.

Soir incertain
Ou mourante aube,
Mourant sans fin.

De quel théorbe?
Peut-être chant
Qui se résorbe

D'un gong d'argent.

II

Sous l'ombre verte
Magots sereins
La bouche ouverte ;

Puis vient soudain
L'énorme bonze
Qui ne dit rien :

Vapeur absconse
Montant au nez
Des dieux de bronze

Point étonnés.

III

Papier de soie
O sa candeur!
Et qu'il s'assoie

La laque d'or
Et le bleu frêle
Prennent l'essor :

C'est une grêle
De chers lotus,
Un ibis grêle

Exempt d'astuce !

Mon triste angelot
Aux ailes lassées
Viens je sais un lot
Lot de panacées

Là-bas c'est trop loin
Pauvre libellule
Reste dans ton coin
Et prends des pilules

Mets un point final
Au bout de ta phrase
Va lis Germinal
Dis plus « tout me rase »

Sur le dos des gens
Casse ta mandore
Redeviens Gros-Jean
Ou bien Théodore

Fais des mots d'esprit
Pour charmer les dames
Parie au Grand Prix
Surtout joue aux dames

Sois Edmond About
Et d'humeur coulante
Sois un marabout
Du jardin des Plantes

TABLE

Pages.

Tiré sur les presses de

PAUL SCHMIDT

Paris, 5, rue Perronet

pour

le bibliopole LÉON VANIER

LE XXXI OCTOBRE M.DCCC.LXXXVI

Paris. — Typographie Paul Schmidt, 5, rue Perronet.

www.ingramcontent.com/pod-product-compliance
Ingram Content Group UK Ltd.
Pitfield, Milton Keynes, MK11 3LW, UK
UKHW022120190726
13855UKWH00003B/981